Ás a' Chamhanaich

Aonghas MacLeòid

Chaidh *As a' Chamhanaich* fhoillseachadh an toiseach le Clò a' Bhradain ann an 2021.

Clò a' Bhradain
Halafacs, Alba Nuadh, Canada
info@bradanpress.com | www.bradanpress.com

Dealbh a' chòmhdaich dathte le Sandy Carruthers
Litreachadh le Eimilidh NicEòghainn

ISBN 978-1-988747-65-1

Library and Archives Canada Cataloguing in Publication

Title: Ás a' chamhanaich / Aonghas MacLeòid.
Names: MacLeod, Angus, author, artist.
Description: Text in Scottish Gaelic.
Identifiers: Canadiana 20210183330 | ISBN 9781988747651 (softcover)
Subjects: LCGFT: Graphic novels.
Classification: LCC PN6733.M27 A91 2021 | DDC 741.5/971—dc23

COMHAIRLE NAN LEABHRAICHEAN
THE GAELIC BOOKS COUNCIL

Tha Clò a' Bhradain ag aithnicheadh le buidheachas Comhairle nan Leabhraichean a chuidich am foillsichear le cosgaisean an leabhair seo.

PRINTED IN CANADA IMPRIMÉ AU CANADA
Clò-bhuailte ann an Canada

'S mise as coireach.
Fear òg foghainteach...agus e nise 'na laighe 'san taigh chaol. Ailean Mac a' Phearsain.
MISE IS AILEAN
Bodach faoin.

Leann.
Mac Eòghainn.
A dhà dhiubh.
A Fhriseil... chan eil iasad ri fhaotainn agad... Eil airgead...?
'S dòcha...aon leann...agus dà ghloinne?

'S ann a' seo a bha sinn 'nar suidhe, Ailein.
Aig a' cheart bhòrd seo.
'S na h-aon chathraichean.
Far an do thòisich e.
Cha do dh'obraich e mar a bha dùil agam ach thug mi feuchainn air.
Agus nì mi rudeigin fhathast!
Thig bacadh air duine--'s cinnteach sin ach fhad 's a chumas e ri feuchainn...
Sin thu a laoich! Théid seòltachd an aghaidh nan creag! 'S fhìor sin.
3

A Fhriseil--chuir sibh seachad ur beatha a' seo. Chan eil dad ceàrr air a' sin...
...Ach chan urrainn dhomhsa. Tha saoghal eile taobh a-muigh.
Saoghal anns nach eil salachar no bochdainn no galaran bochdainne.
Far am faigh duine cothrom air obair shoirbheachail, taigh snog, airgead...
Gun an eu-dòchas a tha dlùth-cheangailte ri na sràidean seo.
Gheibh mi 'mach fhathast.
Air m' fhacal 's air m' anam, gheibh.

'Nuair a bha mi coiseachd dhachaigh bha mi dol thairis air na thuirt e.
'S dòcha gur esan a dh'fhàgadh a' choimhearsnachd shuarach seo.
'S dòcha gur e ach...'s ann a chuir e 'nam chuimhne mi fhìn 's mi òg.
Bha mi làn suidhichte nach caithinn mo bheatha phrìseil gu neo-dhòchasail ann a' sheo.
Bhòidich mi nach caitheadh.
Ach...call an déidh calla...
'Ga mo lùghdachadh tro na bliadhnaichean...
Tha mi ann fhathast.

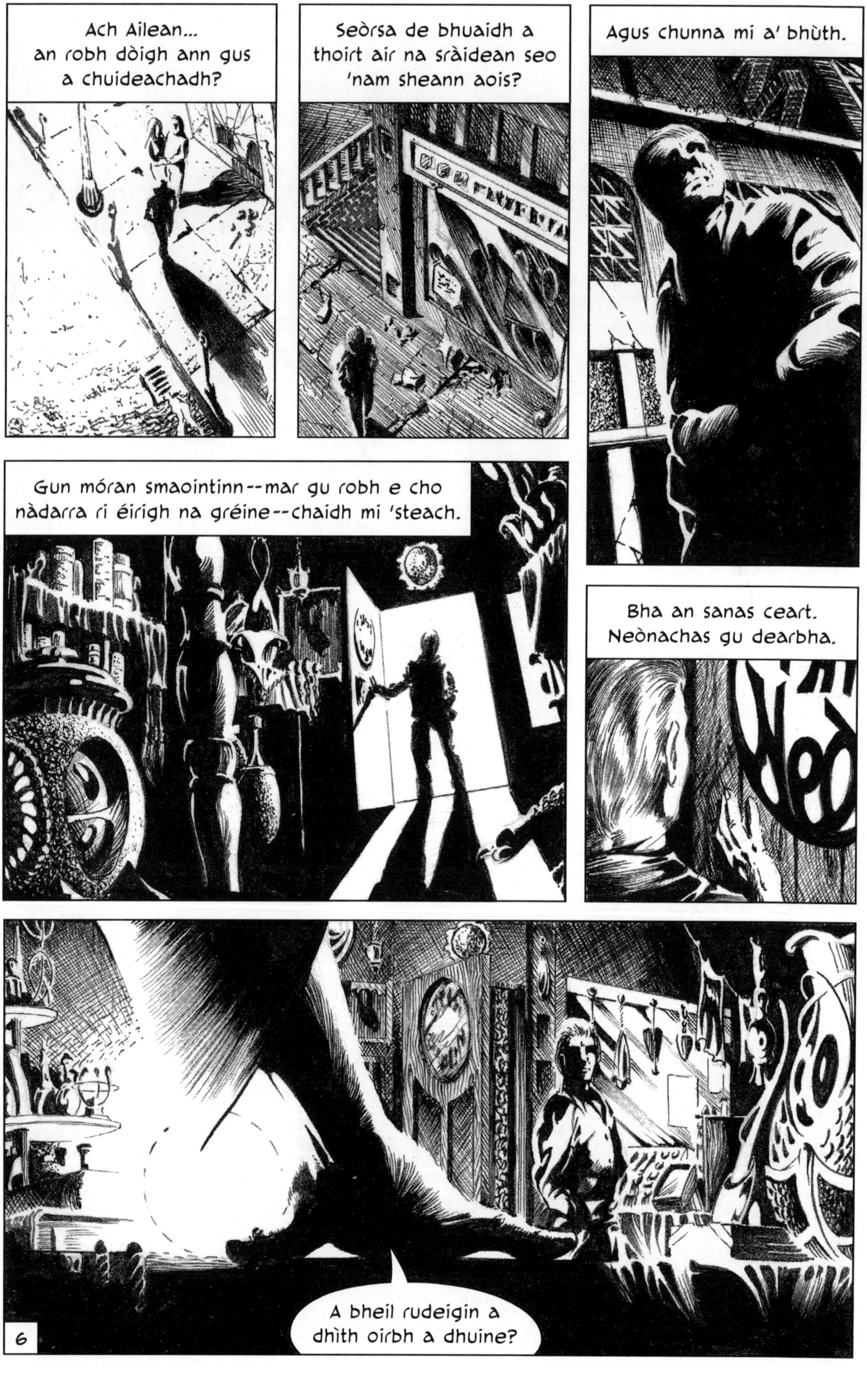
Ach Ailean... an robh dòigh ann gus a chuideachadh?
Seòrsa de bhuaidh a thoirt air na sràidean seo 'nam sheann aois?
Agus chunna mi a' bhùth.
Gun móran smaointinn--mar gu robh e cho nàdarra ri éirigh na gréine--chaidh mi 'steach.
Bha an sanas ceart. Neònachas gu dearbha.
A bheil rudeigin a dhìth oirbh a dhuine?
6

Tha...duin' a's aithne dhomh airson faighinn saor dhe na sràidean salach seo...
Chan eil fhios a'm ciamar...
Ma's fhìor sin--agus feumaidh e bhith fìor--tha rudeigin agam a nì feum dhuibh.
Tha leabhar agam.
Nì sibh suidh' aig bòrd. Mar a dh'fhosglas sibh duilleagan an leabhair...
Théid sib' fhéin agus na bhios 'nan suidh' aig a' bhòrd air falbh.

Gus an ruig sibh an duilleag dheireannach, faodaidh sibh tilleadh le dùnadh an leabhair.
Ach thoiribh an aire. Ma dh'fhosglas sibh an duilleag dheireannach, cha téid agaibh air tilleadh idir.
Bha e ás a chiall. Bha sin soilleir.
Ach thug rudeigin a bha 'na shùilean, 'na ghiùlan, 'na ghuth...
Thug rudeigin orm a chreidsinn.

Dé a' phrìs a th' air?
Na dh'fhaodas sibh pàigheadh.
Thug mi dha na bh' agam. Trì dolar is naoi sgillinn.
Chan obraich an leabhar ach aon turas.
Piseach air a' ghnìomh a tha romhaibh.

Chuir mi seachad còrr is seachdain mi-fhoiseil a' smaoineachadh air.
Chaidh mi rithist dha'n bhùth gus an leabhar a thoirt air ais.
Agus na trì dolar agam fhaighinn.
Chunna mi strìopach.
B' aithne dhomh i 'nuair a bha i 'na caileig bhig.
B' urrainn dhi seinn.

Rinn mi suas sgeulachd air an leabhar--mar a fhuair mi e agus dé dhèanadh e.
Rinn e gàire.
Dh'fhosgail mi a' chiad duilleag.
Bha anart air a' bhòrd.
Bha daoine ann an aodach sean-fhasanta ùr a' siubhail mun cuairt.
Mar nach bu léir dhaibh sinn...
A Fhriseil...tha e 'g obair...!!!

Ghluais mo làmh mar leatha fhéin...
Bha pàisdean 'nan cluich mu'r timchioll.
Thionndaidh mi an dàrna duilleag mu dheireadh...
Achadh. Crodh.
Bha sinn a' dol air ais...
A-steach do dh'àm a dh'aom...
Fhriseil...
Bha aon duilleag air fhàgail...

STADAIBH OIRBH!! Na tionndaidhibh i!!
Choimhead sinn mu'n cuairt mar ann am bruadar...
Seo saoghal ùr dhut.
Gun smùran is salachar nan sràidean againne.
Faodaidh tu...
Dé dh'fhaodas mi...?!?
Cha bhithinn...eòlach... cleachdte ri...
Chan aithne...
Daoine--dé seòrsa...??

Tha mi eòlach air sràidean mo dhachaigh...
Cha b' urrainn dhomh... ciamar a thighinn beò?
Chan fhaod...a Fhriseil!! Thoiribh air ais sinn!
Dùnaibh an leabhar! *Air na chunna sibh riamh...*
Dùnaibh an leabhar damainte!!!
TUOP!

Chan fhaca mi riamh sùilean mar a bh' aige sin.
Tha mi an dòchas nach fhaic mi a-rithist.
Theich e.
Cha robh leabhar air a' bhòrd.
An trìtheamh feasgar an déidh sin bha e 'na shuidhe 'na aonar 'sa bhàr.
Dh'éirich e.

Deoch-slàinte do mo dhachaigh! Do m' aon dachaidh shuarach shalach grannda ás nach téid mi ri m' bheò!
Rinn e a shlighe chun an dorais air chasan mi-chinnteach tro ghàir' is gaoir' an t-sluaigh.
Chuala mi gun iongantas sgreuch bonnan-rotha.
Glag...guthan is glaodhan daoine.
Bha gàire shearbh air a ghnùis.
Shùgh mi 'n dàrna gloinne 's chaidh mi dhachaigh.
Thog mi mo leabaidh orm.

FEAR A' BHÀTA

Latha àlainn meadhan an t-samhraidh, soirbheas tlàth a' tàladh ar craicinn mar leannan chaoin, bha sinn ri snàmh an uair a chuala sinn Peigi a' glaodh--

Chaidh sinn d'a ionnsaigh le iomadh dàil is bacadh...
Tha e marbh.
Mar gun do dhùisg a guth e, dh'fhosgail e shùilean gu fann.
Bha dath nan sian air gu a shàilean 's tro bilean air an at 's iol-dathach chagair e ach aon fhacal--
Uisge.
Ghlac ar sùilean ri chéile.
Lìon rudeigin mar shòlas a ghnùis is thuit briathran fo anail às a bheòil nach b' urrainn dhomh tuigsinn.
Sin mar a thachair mi ris.

An Treas Latha
Chaidh mi air ais. Ged bha cleith-inntinn agam, bheachdaich mi gum bu chòir do dhuine air choireigin innse dha na bha dol air adhart.
Cha bhi 'ad a' tilleadh tuilleadh le uisge no biadh. Chuir e gaoth fo na h-itean aca nach bi sibh a' tighinn air tìr.
Mar thoireadh air sin chuir iad romhpa gun a bhith toirt sgath eile dha'n bhàta agaibh.
Tha mi tuigsinn.
Ach an toireadh sib' fhéin uisge thugam?
Faodaidh mi éisg ithe ach...
Éisg...? Amh?
Tha agam na th' agam.

An Còigeamh Latha
Bha e ro dhéidheil air an aran a thug mi dha...
Cò às a tha thu?
Á àite gu math mar seo. Ach eadar-dhealaichte.
Bheil ainm air? No ort fhéin?
Thog iad Turloch orm.
'S mise Taran. Cò do mhuinntir?
Tha 'ad uile marbh.
Agus an t-àite ás an d'thàinig thu?
Ciamar a bhios earbs' agam asad mura do dh'inns thu rud cho beag sin dhomh?
Àite céin nach fhaic mi a-rithist...àite nach aithnicheadh sibh.
Chan eil e gu diofar. Tha mi air chall.

An Siathamh Latha
Bha gruaim agam ris o 'n nach innseadh e dhomh tuilleadh.
Ach cha b' urrainn dhomh an truaghan fhàgail 'na aonar.
Bheil thu gu math?
Huph--rudeigin... 'nam sgornan.
Bhrath an fhuaim a' bhreug.
'S ann ás a bhroilleach a thàinig e.
Robh fallas air a bhathais no...mac-meanmna agam?
Agus carson a bha e cho tarraingeach dhomh?

An t-Ochdamh Latha
B' e seo a' chiad latha ghrianach shoilleir a bh' ann o'n nochd e.
Bha e air a thogail.
An togalach sin! Dé 'n t-ainm a th' air?
Fad' air falbh thall an sin?
Seadh! Seadh! Dìreach!
'S e Caisteal Mai Dùn a chuala mi air...
Choimhead mi air le iongantas...
Caisteal! Seall cho mór 's a tha e air fàs! Feumaidh gum bi na ceudan a' fuireach ann!
Chan eil duine ann. Cha robh e ach fàs ann an cuimhne duine tha beò...
Chan eil...duine... chan eil...*och*... 's cinnteach nach biodh...
Faoin...
Faoin...
Bha coltas lughdachaidh air.
Rinn e casad.

An Naoidheamh Latha
An ath-latha thug mi leam an fheadag agam gus cluich air a shon.
An ceann ùine shìn mi dhasan i.
Choimhead e oirre mar air rud draoidheil naomh.
Shéid e i is shruth a-mach fonn cho ioma-lùbach ri cuairt gaoth nam beann--cho réidh ri ruith mara fo thuinn.
Dhùin mi mo shùilean agus thog am binneas air sgiathan seirmeach a' chiùil mi.
'S 'nuair a sguir e, 's 'nuair a thill mi...bha mi ann an saoghal na bu shoilleire 's na b' ùire na bha riamh am fear a dh'fhàg mi.
Cha chuala mi a leithid sin ach aon turas... a-muigh air a' mhonadh...
Thuirt m' athair gur e ceòl nan sìthichean a bh' ann...
Bha e ceart.

Bheil thu cantainn...?
Chrith a chorp bhreòite fo cheannsachadh chasaid agus shuath e fallas bhàrr bhathais le làimh chraobhaidh.
Tha mi cantainn... gum bi dachaigh òige aig duine air leth tarraingeach air...
Gun sgiorr e na h-uile airson tilleadh...
Eadhon call flaitheanais...agus bàs.
Rinn e feuchainn air éirigh ach dh'fhairtlich air.
Cho dlùth dhi...ach cha bhean mi ri...
...Ri a talamh.
Dh'ìslich e cheann 's bha e greasad 'na thosd.
Aig a' cheann thall...cha b' urrainn...

Bheir mi dha'n tìr thu.
Na toir. Tha e tuilleadh is fadalach.
Biodh sin no a' chaochladh, bheir co-dhiùbh.
Bidh leigheas ann dhut agus biadh a neartaicheas tu.
Chan eil fhios agad ach...
Bu toil leam beanntainn ri fonn mo chridhe a-rithist...
Le sùilean breac-shoillsich is aodann riasach...
Mar nach robh mise no bàta ann, ann an saoghal dha fhéin, sheall e air an tìr.
Mar a dhearcadh fear air a mhnaoi ghaoil air oidhche bhainnse.

An giùlaineadh tu mi. Suas an tràigh. 'S leag mi 'nam laighe air an talamh.
Fairichidh mi fo mo làmhan i... m' aodann oirre... a fàileadh 'nam shròin...
Nì mi sin. Agus gheibh mi sin lighiche dhut.
Leig e ás gàire bheag. Bha chorp aotrom mar nach robh fo chraiceann ach cnàmhan eòin.
Bheil dad 'nur beul-aithris air fear Turloch Donn an Dannsair?
Seann sgeul... 's e mo shinnsear a bh' ann.
Agus...?
Dh'fhalbh e air bhàta-sìth còrr is mìle bliadhna bhuaithe seo 's cha do thill.
An innseadh tu dha d' theaghlach... fadalach 's gun robh e...
Gun do thill.

Venios, an Eadailt
Cha do smaoinich i riamh air gnìomh cho gòrach, cho gàbhaidh.
Ach b' éiginn dhi fhaighinn a-mach.
Choimhead i air na sgàilean taobh thall na sruth-chlaise.
Chan fhac' i sgath ach dh'fhàirich i...
NA BHA BHUAIPE

Tro na bliadhnaichean dh'fhairich i e.
Mar roinn a chaidh o shean a ghearradh dhi.
Aig astar...ach fhathast ceangailte gu dlùth rithe.
Bha dìth eòlais 'ga cnàmhadh.
Ma bha dòigh idir ann...àmhghar ann no ás...b' e seo e.
Thilg i an leanabh a-steach dha'n t-sruth!
Thog i sùil phuinnseanach air na sgàilean tlàtha dubha.
Aon diog.
A dhà.
A trì.

Chual' i cnead...mar a dhèanadh duine agus sìoman-crochaidh 'ga teannadh mu amhaich...
Ghrad-leum cruth a-mach ás na sgàilean a' dèanamh air an uisge!
Bha a cridhe gu sgàineadh 'na com!
Dhiùlt a h-anail tarraing!
Conall!!! An e? Bha fiamh amharais aice...chan fhac' i gu soilleir idir e...
Ach cò eile?

Bha i sean. 'Na seanmhair do'n leanabh.
Cha robh i luath gu leòr.
An déidh gach uile rud, thréig a neart i.
A Chonaill! A Chonaill! Tha fhios a'm gur tu a th' ann!
Bruidhinn rium!
Gu dé tha ceàrr ort?
Cha d'fhuair a briathran ruith ach 'nan lidean leth-bhriste tro ospagan cràidhteach.
Dé tha ceàrr ormsa?
Dé rinn mi?
Dé--
Dé rinn...

Bha e air am fàgail cho tric...air a' ghaoth a ghabhail dha fhéin.
Tro àireamh cho mór de bhliadhnaichean.
Bha e riamh 'na làn bheachd gur ann a bu lugha an cràdh mar sin.
Cinnteach gur ann a b' fheàrr dha na h-uile a bhiodh e. Gum b' e sin an gnìomh a bu truacanta.
Tro chòrr is dà cheud bliadhna cha deach e riamh air ais.
Ach an-dràsda...chual' e 'na guth 's na faclan 'gam bloighdeachadh, eu-dòchas dubh-bhrònach...

Boireannach air an robh a ghaol 's i 'na dubh-éiginn.
A cuid dhe'n t-saoghal air a cur an cunnart ann an oidhirp dheireannach.
Nach do choisinn ach call.
Ach chan e sin a mhaothaich a chridhe.
An déidh na h-uile a rinn e, nam bliadhnaichean aonranach--a cràidh 's a bròin a dh'fhulaing i...
Chual' e 'na guth agus chuir e anail na uchd...
Gaol.
Chaidh e air ais.

A Mhairìa...a... a ghràidh...
'S tusa! 'S tusa! Thill thu!!
Chan fhàg mi a-rithist thu...mur e do mhiann e.
Tha thu... fhathast òg...Agus mise air fàs sean is...grannda...
A Mhairìa...bho'n a chunna mi air thùs thu gus an oidhche seo fhéin...
...'S e an aon rud nach do dh'atharraich--gur àille leams' thu na na chunna mi riamh.
Bha mi ceàrr.. cho fada fada ceàrr...
Tha thu ann a-nis.
An ceann ùine thòisich iad ri còmhradh. Mhair e tro'n oidhche.

Agus mu mheadhon na maidne...
Madainn mhath dhuibh a mhàthair.
Agus dhut fhéin a Chonag. Cà' do dhuine Luis?
Ag obair.
'S dòcha gur ann na b' fheàrr, smaoinich i rithe fhéin.
Tha fear a' seo air am bu toil leam gun cuireadh tu aithne.
A Chonag, seo Conal... 's esan d' athair.
A mhàthair...'n e fealla-dhà...dé tha sibh...
Tha 'm fear seo co-aoisean riumsa! Bheil thu...gu math...?
Chan ann math ach mìorbhaileach!
Éisd rium a-nis...tha ar naidheachd 'na sgeul annasaich!

A Chonag...tha fhios a'm nach gabh e creidsinn ach...
Bha mise 's ur màthair ri leannanachd 'nuair a bha i ach...
Fichead.
Fichead. Bha mise... bha mi...cha mhór dà cheud aig an àm sin.
Bheil thu cantainn gur e fear dhe na sìthichean a th' annad?
Chan e. Chan annam ach fear daonnail.
'Nuair a bha mi 'nam chnapach bha tinneas orm.
Cha b' urrainn dhomh anail a tharraing gu ceart.
Bha tuar a' bhàis orm.

'S e an leigheas a bh' ac' air a' sin gruag fuilt a ghearradh dhe'n euslainteach...
Toll fhosgladh ann an craoibh chaorainn 's am falt a chur 'san toll...
Agus an toll a stobadh dùint' a-rithist.
'Nuair a dh'fhàsadh an neach na b' àirde na 'n toll, leigheasadh an tinneas.
Sin na rinneadh agus gu deimhinne dh'fhàg an tinneas mi.
Dh'fhàs mi gu ìre slàn fallain ach... cha do dh'fhàs mi sean.
Bha m' athair ro fhada 'na cheann agus doirbh ri làimhseachadh.
Shaoil leis gum b' urrainn dha rud sam bith a dhèanamh leis fhéin...
Gun fheum aige air comhairle no cuideachadh.

'S esan a stob m' fhalt 'sa chraoibh ach...
...'S dòcha nach robh na faclan a bh' aige ceart no...
...Ge b' e a bh' ann, chaidh rudeigin ceàrr.
Thuirt eòlaiche rium gun deach mo bheatha a cheangal ri beatha na craoibhe.
Fhad 's a mhaireas a' chraobh, bidh mise beò. Ach cha robh m' athair maireann 's cha robh fios agam dé a' chraobh.
Chuala mi fathann air draoidheachd on nach robh mi fàs sean...agus gu robh feadhainn airson mo ghlacadh 's mo dhìteadh.
Ach nan cuirte fo bhinn mi...bhithinn air mo loisgeadh mar bhuidseach.
Ach an dèanadh an teine mo mharbhadh no...
M' fhàgail cho beò ris a' chraoibh agus loisgte gu mo chùl?

Cha robh fhios agam. Theich mi.
Theich mi--iomadh turas, iomadh àite, tro bhliadhnaichean móra.
Cha robh dòigh agam ach gum falbhainn mus aithnicheadh duineigin mar a bha mi.
Dh'fhàg mi caraidean còire, leannain 's a h-uile nì gu tràth mus fàsadh ceanglaidhean ro dhomhain.
Bha mi làn suidhichte 'sa mhodh-ghabhail sin gus an do thachair mi ri ur màthair.
Cha mhór dà cheud bliadhna. Ach ghabh mi gaol oirr' a bha uile gu léir thar m' eòlais.
B' e an aon smaoin a bha 'nam cheann gum biodh e na b' fhasa dhi...
Mar a bu tràithe a dh'fhalbhainn, 's ann a b' fheàrr dhise...

...Gum faigheadh i fear eile--gum pòsadh i.
Cha do phòs.
Ciamar a phòsainn agus mo ghaol is m' aire gun sguir ortsa?
Cha b' urrainn dhomh...
Mi fhìn a chumail bho còir.
Thàna mi 'ga faicinn uair is uair feuch ciamar a bha i.
Bha mi 'gad fhaireachdainn 'nam fhuil 's 'nam anam.
A-raoir...
Choinnich sinn a-rithist.
Bidh Conall mac an Athar Ghann--an aon ghaol geal mo bheatha--a' fuireach còmhla rium.

Bhiodh e 'na thlachd dhuinn nam faigheamaid do thoil.
Sgeul ro neònach a bhith 'na breug...gu dearbha...
A mhàthair...ma 's sona sibhse...
Athair...seo ur mac ogha. 'S e Antonaidh a th' air.

Cuiridh Péigi ciall air a' chùis do Chatrìona, nach b' e féin-mhortadh a rinn mi.
Agus 's e seo an aon chriomag fhianais a bhios aic' airson sin a dhearbhadh dhi.
Cead-draibhidh leis an latha an-diugh sgrìobt' air. Tha e air a bhith agam mar sin o chionn còrr is dà fhichead bliadhna...'s mi smaoineachadh air...
Sgrìobh mi air a' chead-dhraibhidh a fhuair mi am bliadhna fhéin a' cheart rud a bha sgrìobt' air an t-seann fhear.
Chuir mi 'na mo phòcaid e.
Bha mi ullamh.
CEARCALL

Bha m' inntinn car luaineach 's mi dol dh'ionnsaigh a' chàir.
Mhothaich mi na solais a chuir (a chuireas?) an uiread de dh'uabhas orm.
Shuidh mi air cùl na cuibhle-stiùiridh agus bhris e orm mar at na mara air sgeir...
Na bha mi dol a dhèanamh nach gabhadh seachnadh.
Bha an t-einnsean 'na ruith, gun chuimhn' agam an do thionndaidh mi an iuchair.
Fhreagair mo bhuil mar do dhuine eile 's dh'fhalbh mi...
Air bheag smaoin ciamar a dhèanainn an gnothach.

Chuir mi m' aghaidh ri taobh a-muigh a' bhaile.
Bliadhnaichean bhuaithe seo chaidh an rathad atharrachadh.

Far an deach e 'mach air an dùthaich an àm m' òige, chuireadh lùb air gus a cheangladh ris a' rathad mhór.
Ciamar a gheibhinn air an t-seann rathad???
Cha robh ach aon fhreagairt 'nam cheann...smaoin gun chiall...

Cha robh dol ás agam a-nis. Bha mi marbh. B' fheudar dhomh an còrr a dhèanamh.
Chuir mi an cead-dhraibhidh air an deas-bhòrd.
INDIAN
Ann an dòigh air choireigin bha fios agam gum bu cheart sin.
Phut mi troighean an luaths sìos.
Cha robh fhios a'm dé cho fad' air thoiseach orm a bha an càr eile...
Agus bha agam ri faighinn suas ris mus ruigeadh e 'n drochaid.

Ged a bha 'n oidhche fiadhaich fliuch, bha Niall Granndach gu sunndach.
Bha e tilleadh dhachaigh a-nochd bho'n taigh-éiridinn le a mhnaoi 's leis an leanabh-nighinn ùr.
Dh'fhàg e an teine 'na smàil 'san taigh 's bhiodh e blàth air an tilleadh.
Ach leis a' chiad aiteal a fhuair e dhe na solais a nochd air a chùl...
Dh'fhuadaich a shunnd aig sruth fuar a bhris a-steach air a chuislean...
Cò eil' a bhiodh a-muigh air oidhche mar seo air astar cho eagallach dian?!
45

Dé seòrsa càir?
Bha na solais ro ìosal... ro fhada far a chéile...
Chunna mi e. Cha robh ach 's dòcha mìle eadar sinne 's an drochaid.
Bhris fallas a-mach air bathais Néill...
A Néill...
Agus a-nis... a bhith faighinn seachad air...
Leig conachag a' chàir eile dùdaireachd spraiceil ás...
Gu dé tha e dèanamh?!?

Bheil e airson dol seachad?!
Chan eil an rathad leathann gu leòr!
Tha e dol a bhuaileadh annainn!!
Cum greim air Catrìona bheag! Feuchaidh mi ri chumail air thoiseach air!
A Néill! Tha thu dol ro luath...!!
Bha fhios a'm air an uabhas a bh' orra 'sa chàr eile.
Ciamar nach biodh? Nach mi fhìn a bh' ann?

Nach mis' a dh'fheuch cho cruaidh ris an càr sin a chumail air thoiseach air a' chàr seo?
Gus nach robh dol ás agam 's thagh mi 'n t-àit' a b' fheàrr bha ri fhaotainn?
Tha cuimhn' agam...
Mar a sheall sinn air a' chàr a' dol seachad oirnn 's Péigi ri sgreadan!
An t-uabhas a bh' oirnn...
An càr a' dol sios 'san abhainn a bh' air dìle...
Far nach robh an drochaid ri fhaicinn.
A Phéigi...a Chatrìona...rinn mi na bh' agam ri dhèanamh...
Mo ghuidhe--gun tuig sibh...

Ruith e air casan critheanach a dh'ionnsaigh na drochaide!
Cha b' urrainn dha creidsinn...
Tuigsinn...
Cha robh càr ann idir no fiù 's sgeul air!
Ge b' e dé a thachair--shàbhail an càr nach robh ann a bheatha...
Agus beathannan ro phrìseil a theaghlaich.
Cha robh aige ach an rud beag neònach seo...
Le ainm fhéin sgrìobht' air...
Ach an tigeadh an latha anns an tuigeadh e...???

Cailleach na Coille
Thug iad a-mach mi--m' oghaichean gaolach.
'S e latha neò-àbhaisteach blàth an fhoghair a bha seo.
Agus mise 'nam bhodach aosda 's fios 'na mo chnàmhan nach fhaic mi an t-earrach.
Ach... aon latha eile.
Blàths tlàth na gréine,
flodraich bhoillsgeil
tuinn bheaga na mara,
deò-ghaoithe chùbhraidh
'na dùradan a' fighe tro
fhraoch an fhirich.
Cò dha nach fhoghnadh sin?

Chunna mi i 'na siubhal air a' chladach, a' trusadh mhaorach.
Deirdre Nic Eòghainn an Tàilleir Ghlais.
No Cailleach na Coille mar a theirear rith' an-diugh.
Ach chan eil cuimhn' ac' oirre mar a th' agamsa.
Chan aithne dhaibh i.
Bha i òg uair. Mar a bha mi fhìn.
Tha beagan bhliadhnaichean aice tharamsa.
Gu leòr gus nach do laigh a sùilean orm 'nuair a bha grian ar n-òig' a' soillseachadh riochd an t-saoghail.
Ach laigh mo shùilean oirre-se.

Bha i àlainn fhéin.
Dh'éirich a' ghrian 'na gnùis.
Cha do bheòthaich duilleagan le gaoith 's cha do ruith uisge bog-luasgach uillt na bu rìomhaiche na ise.
Ach b' e a sùilean...
Chunna mi fir dha 'm b' àbhaist a bhith stuama ciallach 'gan tionndadh 'nan deugairean lag-theangach 'na làthair.
Cha do bhris claidheamhan an rìgh na h-uiread de chridheachan 's a bhris ise 'nuair a phòs i Murchadh Mac 'Illeasbuig Ailein Bhig.

Murchadh. Bha e 'son gach uile rud a b' fheàrr a bhith aige, feum ann no ás dha.
B' esan a bhuannaich i.
B' e latha mór sona dhuinn a bha siud 'nuair a phòs iad, agus oidhche mhór 'na chois.
Ach 's iomadh ceann liath a rinn crathadh agus 's iomadh guth ìosal a labhair gur e droch-cheangladh a rinneadh.
Coma co-dhiùbh, bha bann gun fhuasgladh air an aonachadh.
Fhuair e foghlam agus dh'imrich iad gu baile mór.
Chan fhacas an dubh no 'n dath dhiubh a-rithist.

Gus an d'thàinig an latha--cha mhór fichead bliadhna an déidh sin--a thill i 'na h-aonar.
Cha d'thuirt i guth dé dh'éirich dhi--no dhasan na bu mhotha.
Ach bha bòidhchead air a call.
Bha maille 'na gluasad 's grian a sùilean fo neòil, ged a bha i càirdeil còir do na h-uile.
Chum i an taigh d'a pàrantan fad bhliadhnaichean gus an do chaochail iad.
Agus chaidh i an uair sin a-rithist á sealladh dhaoine.

O choimhead sinn air a son gu cinnteach ach cha d'fhuaras sgeul oirre.
'Nuair a bha gaoth an fhoghair a' fionnarachadh làithean ceann an t-samhraidh nochd i aig bùth 'Ic Cruimein, poca mór air a druim.
Bha e làn obair ghréise, éisg air an toiteadh is iomadh rud eile.
Fhuair sinn a-mach gun do thog i bothan air sliabh beinne 's gun robh i fuireach leatha fhéin a' sin.
Dh'iarradh oirre gu tric tilleadh dha'n bhaile ach cha tilleadh.
Dh'innis i dhuinn gu robh i far 'm bu mhiann leath' a bhith.
An ceann ùine ghabh sinn ri sin.

Agus sin mar a bha 's mar a tha i gu latha an-diugh.
Bha truas agam rith' ach thachair mi oirre latha--'s dòcha dusan bliadhna bhuaithe seo.
An déidh dhi bhith air a' bheinn mu dheich bhliadhna.
Bha i maiseach.
Bha neòil a leth cheud bliadhna air an sgapadh aig grian a seann aois.
Grian a bu bhlàithe ged bu lugha a deàrrsadh.
Bha a gàire fìor, nàdarra.
Ghluais i mar uisge réidh aibhne bailbh.
Na bu rìomhaiche air sgath gach call nam bliadhnaichean dha nach toireadh i aire.
Bha i sona a-rithist.

Chunnaic i mi. Rinn i gàir' is chrath i a làmh rium.
Bha fios aice nach e Cailleach na Coille a chì mi ach mo sheann bhana-charaid.

Boireannach a bha riamh mar a tha i an-dràsda...'na dàrna grian na speura.

Agus mise? Tha 'n latha fàs fionnar. Bheir iad a-steach mi an ceann greis 's fanaidh mi ann a' shin.
Tha mo gheamhradh a' tighinn.

BHO'N TAOBH TUATH
Nochd iad ás an t-sneachd fhaobhaidh...
Uilebheistean--mór, cruinn-bhallach,
doilleir 'nan cruthan.
Còignear?
Deichnear?
Nam b' e seo uair mo bhàis...choinnichinn gu fearail ris an nàmhachd dheireannach!

Bha ioma-ghaoth nan sian cha mhór air mo dhalladh...
Dh'fheuch mi gu fearail ris a' chlaidheamh a tharraing ach...
Cha robh agam de threuntas 'nam mheòirean a leigeadh leam greimich air.
An déidh dhomh bhith siubhal fad trì latha 's oidhche tro'n ghaillinn, gun bhiadh gun uisge gun tàmh...
Cha bu chòir...cha bu cheart...
Bha mi riamh 'nam sheòd dhìleas agus a-nis--gun chomas agam cath a chur.
Cha bu cheart e...
Gun deigheadh mo chasgradh mar chaora mhaoith...

Fear dhe na daoin' a tha fhathast a' fuireach 'nan treubhan fada gu tuath.
Dall leis an t-sneachd, crith-mheileadh is cion uisg' air, lapanach, claoidhte.
Mmf. 'S iongantach gu bheil e beò.
Cha chreid mi gur fada a mhaireas e.
Leigibh a-mach mi!!!
Stadaibh! Sgu--
Riamh cha do bhuail mi boireannach ach mur...
...an leig sibh...
...air fal--

Cà bheil mi?
Ann an Tèarmaid a Tuath... baile mór fo'n talamh.
Fo...
Chuala mi sgeulachdan air bailtean mar sin... fada dha'n taobh a deas.
Bha 'ad fìor.
Cha robh.
Dh'innseadh dhuinn gu robh na tàmhaichean grannda.

Ionnsaichte ged a dh'fhaodas tu bhith--ealanta, foghlaimte, tapaidh...
'Nuair a choimheadas fear dhe leithid ort mar sin...
Gu déidheil, mear--leusan a' foillseachadh a dheòin' ann an lasadh a shùilean...
Chan eil e gu diofar. Cha bhi annad ach caileag.
Agus a dh'aindeoin na h-uile a dh'fhaodas a bhith ann...Cha bhi annsan ach fear.
Chaidh e 'm feabhas gu ro luath; bha lùths neo-chumanta ann.
Bha e mar bhéist 'na ithe 's ghabh e uabhas de bhiadh is leann.

Ann an ruith nan latha 'san dol seachad bha a mhiann sgrìobte 'na shùilean.
Agus b' ionnan sin is freagairt mo ghiùlan fhéin.
Mus do dh'fhàs e buileach slàn nochd e oidhche aig doras mo sheòmar-chadail.
Cha do chuir mi air falbh e.
Cha d'fhuair sinn cadal gu latha, agus làn fhios agam nach fhoghnadh aon oidhche dhuinn.
Agus oidhch' a bh' ann 'san leabaidh agam dh'innis e sgeul a ghàbhaidhean dhomh.

"Tha baile againn. Baile Taobh an Easa. Mu dhà chiad duin' ann. A' tighinn beò air sealgaireachd is iasgach is lusan samhraidh.
"Bha buidheann againn ri shealgaireachd airson lòn a' gheamhraidh.
"'Nuair a thàinig oirnn samhanaich à beul-athris!
"Na Seachranaich Gheala a theireamaid riutha. Ach ann an sgeulachdan a-mhàin! Gus eagal a chur air cloinn 's air na fann-chridheach!
"Ach b' iad a bha seo! Beò! 'Nam feòil!"

"Cha b' urrainn...
"Rug Tiù orm."
'S tus' am fear as fheàrr a th' againn! Faigh thusa dhachaigh-- thoir fios dhaibh gu bheil na Seachranaich a' coiseachd!
Thalla!
"Mhallaich mi an dà chuid esan 's mo dhàn...
"Ach cha robh 'san t-saoghal agam ri dhèanamh.
"Ach na dh'òrdaich e a cho-lionadh."

"Sin 'nuair a bhris a' ghailleann shneachda 's chaidh mo mhealladh gu tur aice..."
Chum mi ri ghluasad fad trì latha 's oidhche gus an do dh'amais do chompanaich orm.
Ach tha mi air fàs làidir gu leòr a-nis.
Falbhaidh mi madainn am màireach.
Togaidh mi orm do Bhaile Taobh an Easa. Bheir mi rabhadh dhaibh.
An dòchas gu bheil feum aca fhathast air.

"Làidir gu leòr!" 'S esan nach robh!
Ach cha ghabhadh a rùn diùltadh.
Choisich mi leis tro'n bhaile gus an d'fhuair sinn suas gu uachdar na talmhainn.
Sheall mi air gus an deach e fo'n fhaire.
Dh'fhalbh e.
Bha làn fhios agam gu robh e a' dol gu bhàs.

Còrr is trì seachdainnean an déidh sin cha robh e ach 'na chuimhne thlachdmhor dhomh.
Gus an do choisich e 'staigh do mo bheatha 's do'n bhaile a-rithist!
Bha leanabh aige agus an cù a chum sàbhailt' e.
Na bha air fhàgail dhe mhuinntir.

Tha 'n saoghal romham. Mór. Iongantach.
Théid mi gu deas. Nì mi amais air àite blàth. 'S dòcha gun dèan mi fuireach ann.
'S duilich leam a fàgail. Chan fhaic mi a leithid a-rithist.
'S mór am beud. 'S mór mo chall.
Ach cuiridh mi mo chùl ris na h-uile.
Lìonaidh mi gach latha an-diugh le seallaidhean an t-saoghail mhòir.
Gus an téid dìochuimhn' air gach latha an-dé.
Tha 'ad marbh. Tha mi beò.
Tha an saoghal romham.

'S dòcha nach do dhùisg e ach gu robh e cho fuar 's e a' cadal ach aotrom.
Ach 'nuair a thug e sùil a-mach air an uinneag...
TEINE BEAG NO MÓR

Dh'aithnich e 'sa bhad gur e spreadhadh a rinn a dhùsgadh.
Leum a chridhe le miann a dhol ann--gus fhaicinn na bu dlùithe...
Bha e naoi bliadhna a dh'aois.
Mór gu leòr airson falbh leis fhéin ach...
Cha leigeadh a phàrantan leis falbh, bha cinnt aige.
A dh'aindeoin sin... fhad 's a bha iad fhathast 'nan cadal...
Carson nach cuireadh e uim' a chòta...
A bhòtanan...
Carson nach falbhadh e?

Bhuail osag gaoth a' gheamhraidh air mu'n robh e ach gann a-mach air an doras.
Stob e a làmhan 'na phòcaidean 's chrom e cheann an aghaidh an fhuachd.
Dh'fhàs an t-adhar na bu bhlàithe 's beuc mar thàirneanach na b' àirde mar a dhlùthaich e ris an teine.
'Nuair a thionndaidh e seachad air oisean, bhris an sealladh air a shùilean mar thonn-bhàite!
Ach 's e am fuaim a chuir 'na cheall e...
Cumhachd! Uachdranachd! Mar nach fhaca 's nach do shaoil e riamh!

Do-cheannsachail!!
Beò!! Craos gun chrìch
gun chiall!
Dh'fhairich e e fhéin
cho suarach ri smùirnean
an taca ris...
Gun itheadh e mar
bhlasad neo-sheadhail e!
Sheas e 'na chloich a' toirt
a-steach uabhas an tùrlaich!
Theab e gun cual' e sgreuch
conachagan nan carbadan-
smàlaidh 'nan deann ruith a nall!
Bhris iad an tuaineal
'san robh e 's choimhead
e mun cuairt...

Bha uinneagan nan togalach shuas is shìos na sràid air an sgàineadh 'nam beagannan.
Chunnaic e na daoine bochd' a bha goid rudan á cuid dhe na bùthan.
Bha 'n t-acras air. Chan e ach càl is buntàt' a bh' aige mar bhiadh o chionn làithean 's bu bheag a chuid dhiubh.
Chaidh e 'steach do bhùth.
Sliseagan. Cola.
Rinn e suidhe 's thòisich e ri bhrù a lìonadh.

An ceann ùine bha 'n luchd-smàlaidh a' faighinn buaidh air an teine 's 'ga chur fo smachd.
Thàinig dithis is sheas iad air beulaibh na bùtha.
Bha 'ad a-mach air an cron a rinn an teine.
Mar a bhiodh luach seilbh an àit' a' tuiteam gu h-ìosal 's call oirrn.
Mar a sheachnadh luchd-gnothaich an t-àite.
Rudan suarach mar sin.
Bha e blàth 's cha b' ann a h-uile latha.
Bha a bhrù làn.
Dh'fhan e 'na shuidhe gu cofhurtail sòlasach a' coimhead mun cuairt.

Bu chòir dhomh gun do dh'éisd mi riutha.
Ach mar a b' àbhaist cha do dh'éisd.
Fear fearail foghainnteach a thug buaidh anns a h-uile cath...
Cò bhuaithe a bhithinn fo eagal?
'Nuair a chuir iad fo m' shùilean gun a bhith giorrachadh a' rathaid agam le bhith siubhal tro'n bhoglach, cha d'rinn mi ach gàire.
BUAIDH NO BÀS

Nam b' e buaidh a bha siud no nach b' e, thug mi air an uilebheist teicheadh!
Agus gun ach aon leòn orm...
Smaoinich mi air dé seòrsa béist a bh' ann 'nuair a bha mi teannadh aodaich orm gus sileadh fala a chasg.
Bha e cho dorch'... ghluais e mar chat fhiadhaich nam beann!
Cha robh dealbh soilleir agam fhathast air a chruth...
Bha m' asnaichean a' cur orm gu trom 's chan ann ach air éiginn a rinn mi coiseachd.
Shlaodaich mi mi fhìn gu coille bha faisg air làimh...
Àite na bu shàbhailte...
'S chaidil mi gu latha.
78

Air madainn an ath-latha dh'aithnich mi dé bh' ann 'nuair a chunna mi fuil 'na ruith ás a' lot a' cheart cho luath 's bha i 'n oidhche roimhe.
Cha robh e leigheasadh.
'S ann an aghaidh taibhse-ràith a rinn mi sabaid!
Agus an leòn a nì taibhse-ràith air duine... Cha leighis iad a chaoidh.
Bhuail e orm mar chloich ás an adhar gun deighinn gu bàs le call fala.
Thug e bàs mall dhomh.
Thug e buaidh.

Bheòthaich an smaoin sin teine 'nam chridhe 's thàinig fodham nach ann mar sin a bhiodh!
Riamh cha d'thug duine no biast buaidh orm 's mo gheall nach b' esan a' chiad a bheireadh!
Chuir mi fo smachd eagal mo smaointean luaineach.
Bha mi astar dà latha bho chuideachd dhaoine...
Cha mhairinn fad dà latha fiù 's nam b' urrainn dhomh faighinn ann 's mi a' sìor-fhàs na bu lapaiche.
Agus dé dhèanadh iad co-dhiùbh mura biodh-- le tuiteamas dall-- lighiche no draoidh ann?

Ach air sliabh na beinne sin...taobh a-staigh latha air falbh...
Bha Tobar Arnam-Einte ann...uisg' a bha ainmeil gus lotan a leigheasadh.
Ma bha dol ás ann idir dhomh, b' e sin e. Thog mi orm dha'n tobar.
Cha b' ann gus tràth 'san fheasgar a b' eòl dhomh a leithid de chunnart 'san robh mi.
Bha an lot a' sileadh fala na bu luaithe 's mi falbh tro àiteachan cho garbh.
Bha mi fàs fann 's a h-uile ball. Cha ruiginn fiù 's an tobar mar a bha mi...

Thug mi sùil mu'n cuairt, feuch dé bha faisg air làimh...
Bha mo léirsinn 'gam thréigsinn 's an sealladh mar choileach-theas dhomh.
Thuit mo shùilean air seann chraobh mhór...
'S tric a bhiodh spiorad bith' ionadail ri chòmhnaidh far an robh a leithid...
Dhìrich mi 'm bruathach 's rinn mi leth-shuidhe mar a b' fheàrr 's a b' urrainn dhomh.

Thòisich mi ri òran a sheinn--fear annasach a dh'ionnsaich mi aig m' athair 's mi 'nam phàisde.
Faclan cho sean ann an cànan cho aosda 's nach do thuig ach na h-eòlaichean an ciall a bh' orra.
Sheinn mi na fuaimnean gu ceart cinnteach.
Chuala i.
A dhuine. Tha sibh 'nur n-éiginn.
'S mi a tha.
Tha mi 'gam thilgeil air ur truacantas...ma 's truagh leibh mi...
Tha truas agam ruibh. Dé dhìom a tha sibh ag iarraidh?

Cuideachd...gus Tobar Arnam-Eint' a ruigsinn...
Far am faighinn a' chreuchd seo a shlànachadh.
Tha mi creidsinn nach e sin na tha bhuaibh...
Ach ur beath' a shàbh-aladh.
'S fhìor sin.
Ach de is fhiach dhomhs' e, ma nì sinn cùmhnant?
Chan eil agam ri thairgsinn ach na chì sibh.
Agus a bheil sin ri fhaotainn.
Cha robh fhios a'm gu dé ghabhadh cantainn rithe.
Tha mi air a bhith... car aonranach...

An trìtheamh latha an déidh sin dh'fhairich mi iad a' tighinn...
Mo chàirdean 's iad 'gam lorg.
Chuir e iongantas nach beag orra a' faicinn gun do stad an slighe fala a bha 'ad a' leantainn...
Gun sgeul air corp no lorg coise ri fhaotainn.
Dh'fhan iad fada ri spaistireachd 's iad 'gam iarraidh mus do dh'fhalbh 'ad.
Agus ged a dh'fhairich mi iad am làthair...
Cha b' aithne dhaibh mise.

EÒS AN T-IASGAIR

Eòs Crùbach a bheirte ris--Mac Codruim a bh' air.
Nise cha do rugadh crùbach e.
Bha e 'na òige cho tapaidh sgiobalta ri aon eile...
Gus an do thuit e ri creig.
Phronnadh cnàmhan 'na chasan 's cha do leighis gu ceart iad.
B' urrainn dha coiseachd ann an dòigh ach gu mall cliobach.
Ghabh sinn cùram ris ach...chan e sin na dh'iarras balach is e fàs gu ìre.

Thionndaidh e chun na mara.
Anns a' bhàta cha chuireadh a chasan lapach bacadh air 's ri ùine dh'fhàs e gu bhith 'na bhrod mharaiche.
Ach ciamar nach fhaiceadh e a h-uile latha crìochan teann a thapachd?
Agus na bha e 'g iarraidh nach biodh aige?
Chuir e seachad barrachd is barrachd ùine 'sa bhàta.
Sheachnadh e am baile ach am margadh 'son éisg a reic...
Agus an taigh-òsda gus na phàigheadh dha a chosg.

Bha e 'na chùis-thruaighe leinn 's feumaidh sibh sin a chuimhneachadh. Cha robh riamh droch-rùn no làmh-ma-shaor againn ris.
Thàinig latha brucach 's a' ghaoth a' bagairt onfhadh...
Bha gabhail ro mhath aig na h-éisg agus bu leisg leò tilleadh dhachaigh, fhios agad...
Dh'aindeoin sin, thàinig fiù 's a' chuid a bu dàna aca air tìr mus do bhris a' ghailleann 'na làn neart.
Ach cha d'thàinig bàta Eòis.

Cha b' urrainn dhuinn fiù 's coimhead air a shon leis cho fada a-steach air an tìr a bhris na tonnan le nuallan.
'S e na bh' ann 'nar beachdan brònach, droch-chrìoch d'a shaoghal bhochd.
Ach tràth làrna mhàireach dé chunnaic sinn air a' chladach ach bàt'-iasgaich Eòis agus e fhéin a-staigh 'na shuain.
Bha an dà chuid fear is bàta cho slàn 's a bha 'ad roimhe.
'Na dhùisgeadh chagar e, "Tha i àlainn..."
Ach 'na làn-dùisg chan fhuasgladh e ceist air na dh'éirich dha.

Dh'fhàg sinn leis fhéin e mar a dh'iarr e oirnn.
Agus cha d'rinn sinn ach na b' iomchaidh. Bha e slàn fallainn r' ar faicinn...an dà, 'na chorp co-dhiùbh...
Chan fhacas an dath no 'n dubh dheth an déidh sin gu ceann seachdainn no dhà--chan eil cuimhne ro cheart agam--ach e bhith anns a' bhàta...
Ach an ceann ùine chunnaic sealgair a bha siubhal rudha uaigneach tòrr de dh'fhiodh air a' chladach agus mullach tughaidh air.

Bha e air an taigh aige fhàgail...a' cumail a-mach gu robh e ro fhada bho'n mhuir do fhear chrùbach...agus an déidh sgrot a thogail dlùth do thùirr an làin.
Taigh no sgrot mar a chanas tu ris, 's e a dhachaigh a bh' ann...
'S gràineil leam fhathast an gnìomh gun do chuir sinn ris an tein' e.
Thòisich sinn an uair sin ri sùilean na bu ghéire a chumail air, fo chùram gun robh a chiall 'ga fhàgail no suaib-chaothaich air, gun dèanadh e cron air choireigin air fhèin.

Thug sinn iomadh feuchainn gus a chuideachadh ach dhiùlt e gach uile cobhair a chaidh a thairgsinn dha.
'S dòcha...mura do dh'fhàg sinn leis fhéin e...nach do thachair na...ach... dh'fhaodhadh cuideachd nach ann ach bu mhiosa ceann na cùise.
Dh'aithnich sinn an toiseach gu robh e riamh 'muigh air a' chuan mus do dh'éireadh sinn.
Agus a-rithist gum biodh e 'muigh fad na h-oidhche.
Air oidhcheannan soilleir na gealaiche chunnacas ròin--ma b' fhìor--ri snàmh gu dlùth mu'n cuairt air.

Agus bha aig daoin' a bu ghéire léirsinn gu robh ruideigin a' dìreadh a-steach do'n bhàt' aige...'s gu robh e fhéin uaireannan ri snàmh còmhla riutha.
Nach do bheachdaich sinn air a' chùis!
Mu dheireadh chaidh feadhainn againn gus bruidhinn ris.
Cha robh aige ach gum b' e a ghnothach fhéin a bha siud 's gun leigeamaid leis.
Ach Tòmas a' Chinn Duibh a chunnaic--tha mi cinnteach gur e--'s e a' tilleadh anmoch bho shuiridhe.
O bhruthach os cionn taigh Eòis chunnaic e i.

Caileag òg ro bhòidheach ag éirigh an àird á cobhair a' chuain!
Choisich i lomnochd 's gu féin-chinnteach gu taigh Eòis is chuidich i do'n bhàt' e.
Ach an déidh dhaibh faighinn gu astar math...
Cha b' e boireannach a bh' innt' ach uilebheist air nach b' urrainn do Thòmas dealbh a thoirt!
Nise, ghabhadh Tòmas deoch an-dràsda 's a-rithist 's bidh iomadh beum-sgeula ri fhaicinn air an fhairge.
Cha do chuir sinn mòran earbsa 'na sheanchas.

Ach 's e 'n deoch làidir a bu choireach 'san ath-thachartas-- sin agus dànachd nan òg.
Dh'iomair triùir a-mach air oidhche dhorch' dhùmhail 'nuair nach fhaiceadh e iad a' teannadh air.
Fhuair iad faisg air a' bhàta.
Chunnaic iad e 'na laighe 's làmh bhàn ainnire 'na laighe thairis air.
Thog i a ceann 's sheall i orra.
Agus dh'atharraich i!!!

Bha 'ad fìor mhath gu snàmh is 's e sin a thug gu tìr an dithis a thug am beatha ás.
Ach cha ghabhadh gnothaichean fhàgail mar a bha 'ad.
Deugnach marbh 's dithis eile--'s chan e caoraich mhaol bhàn a bh' annta--fo chaothach mhaoime!
Agus anns a' mhuir far am bitheamaid ri iasgach--cha robh àit' eile againn--
Dé a' chùis-uamhais mharbhtach a bha 'n làthair?

Rinn feadhainn againn air an taigh a bh' aige air a' chladach.
Fìr òga fhoghainteach dhàna.
Bheir àireamh de chompanaich misneachd do dhaoine.
Dh'éigh sinn air. Bha...cuideigin ann an cruth boireannaich còmhla ris.
Cha d'thug e meirg far fhiaclan cuinn.
Dh'fhàs an fhearg air cuid againn--fearg an eagail.
Chan eil fhios a'm cò...
Dh'fhairich mi teas air mo chùlaibh...
Bha an taigh 'na theine!

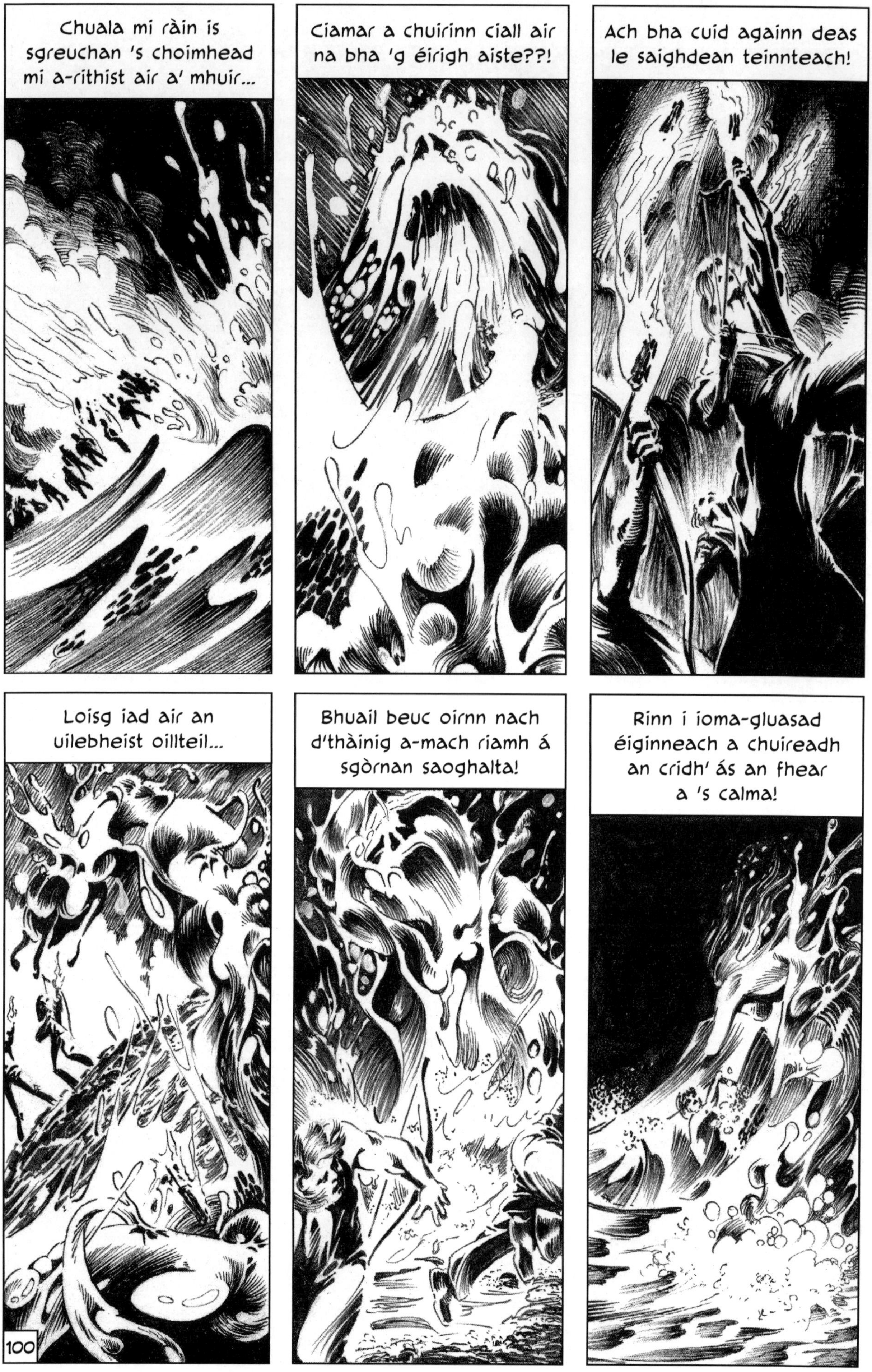
Chuala mi ràin is sgreuchan 's choimhead mi a-rithist air a' mhuir...
Ciamar a chuirinn ciall air na bha 'g éirigh aiste??!
Ach bha cuid againn deas le saighdean teinnteach!
Loisg iad air an uilebheist oillteil...
Bhuail beuc oirnn nach d'thàinig a-mach riamh á sgòrnan saoghalta!
Rinn i ioma-gluasad éiginneach a chuireadh an cridh' ás an fhear a 's calma!

Ach chualas guth Eòis
os cionn na h-uile--briste
's e fo dhubh-éiginn...
Leigibh leatha! Leigibh
leatha!!! Falbhaidh sinn!!!
Mo gheall gum
falbh sinn!!!
Fad air falbh 's nach
fhaic sibh a chaoidh sinn
tuilleadh!
A charaidean...
bha sinn...
Bha sinn 'nar caraidean còire...
uair bha sinn...

Bhruidhinn Eòghann nan Sop ris is thug e air bòidean a bha cruaidh cinnteach a thoirt.
Agus theann an dithis ac' a-null air balbhachd dhomhain a' chuain.
An ceann ùine, beag air bheag, dhealaich sinn.
B' eagallach an gnìomh an toiseach a bhith dol a-mach a dh'iasgach a-rithist...
Ach bha Eòs cho math ri fhacal.
Chan fhacas an dubh no 'n dath dhiubh gu ruige latha an-diugh.

Ach an-dràsda 's a-rithist...'nuair a théid na sligeachan an cur mu'n cuairt...
Nì sinn beachdachadh faoin... Dé thachair? Gu dé a bh' ann?
Tha e cudthromach dhuinn na ceistean fhaighneachd ach...
Cha chreid mi gu bheil duin' againn ro dheònach air freagairtean fhaighinn.

Cha robh Éileis Nic Thailtiu cinnteach gu dé chunnaic i 'sa choille...
Ach bha ionnsaigh is ath-ionnsaigh eadar na treubhan ro chumanta na làithean sin.
Leig i dhi na chuireadh bacadh air gluasad 's thug i sgrìob rannsachaidh air.

DÀ BHEATHA

Cha do dh'éirich a' ghaoth 's a' mhuir riamh cho luath agus gu bhith cho fiadhaich ri seo r' a cuid chuimhne.
'S ged nach ann gun fhiosrachd a bha i, cha b' urrainn dhi ach an t-eathar a chumail bho dhol thairis agus a stiùireadh a leigeil leis a' ghaoith!
Agus bha i 'ga toirt chun nan tobhtaichean...

Dh'aithnich i air éideadh gur e Fionn-Ghall a bha 'na laighe roimhpe.
Leigeadh i leis dhol gu bàs 's chuireadh i sin fo'n talamh e.
Bha e ri bhrunndail fo anail. Shaoil leatha gum b' aithne dhi cuid dhe fhaclan...
Chuir na tobhtaichean crith an eagail oirre...
Ach an-dràsda bha iad mar chala dhìonaidh bho chraos bhàsmhor na stoirme...
Fhad 's a sheachnadh i na ballachan a bha bagairt an eathair a bhriseadh 'na bheagannan!

Faclan gaoil...bha bean aige. Bha e bòideadh gun tilleadh e.
Ciamar a bheireadh i dha'n taigh e?
Ghabh i tuagh is plongaid is rinn i inneal air an slaodadh i e.
Chan ann ach le ealain thar a' chumantais a fhuair i gu fasgadh air togalach!
Agus bu ghann na maraichean dha 'm b' urrainn eathar a chuir a-steach air an fhosgladh sin!
Ach taobh a-staigh bha 'n t-uisge balbh gu leòr.
Thog i sùil theagmhach fhaiceallach air sgàilean na h-uamha seo...

Chuir i a' cheist oirre fhéin gu ro thric 'sna làithean an déidh sin 's e 'na laighe lag le fiabhras 's a' call fala 's a' dèanamh strì an aghaidh gach greim bìdh a thug i air ithe.
"Carson?"
Bha duine aice uair.
Gus an latha nach do thill e bho bhlàr.
Cheangail i am bàta cho teann 's a ghabhadh. Bhiodh e math gu leòr.
Bheachdaidh i air an oidhch' a bha ri tùirling gu luath...
Càit' an cuireadh i seachad i?
Chan ann 'san uisg' a bha seo ach...dé bha shuas an staidhre mhillte?

Ann an àite air choireigin taobh thall a' chuain bha bean a' feitheamh ris mar a dh'fheith ise uair.
'S ann rithes' a bha truas.
Nam b' urrainn dhi làithean cruaidhe 's oidhcheannan fuara chumail bho bhith aig an té sin..
Thagh i àit' air an ùrlar shuas.
Àit' ann an oisean faisg air an uinneig far am biodh na sgàilean na bu dorcha 'ga falachadh.
Shuidhich i i fhéin 'son caithris na h-oidhche, cinnteach nach dèanadh i cadal.

Latha a bh' ann 's i 'ga nighe chunnaic i nach robh gainnead fala a' cur air na bu mhò...
Agus gu robh aige na b' fhiach ionndrainn...
Feasgar an aon latha dhùisg e. Choimhead e mun cuairt gun eagal.
Carson a tha mi ceangailte air a' cheithir chaoil mar seo?
Bha a cànan fhéin aige!
Shiùbhail a smaointean air beul-ràdh na muinntir' air na seann togalaichean mallaichte seo...
Mun cuairt air teine no cagailte an déidh do na pàisdean dhol 'nan cadal.
Le guthan ìosal iomagaineach.
Dh'innseadh na seanchaidhean an eachdraidh.

Gus am faigh mi geallادh bhuat--
Nach dèan thu cron orms' no air mo chuid 's gun till thu dhachaigh cho luath 's a théid agad air, 's nach till thu a chaoidh dha'n tìr seo.
Choimhead e mun cuairt air a shocair.
An rud a b' iongantaiche, gun deach an togail le daoine agus gu robh daoine--seòrsa co-dhiùbh--a' fuireach annta mus do dh'éirich na cuantan.
Gu robh ann nach do dh'fhàg iad 's a tha fuireach do dh'éirich na cuantan.
Ach chan e daoine cheart a bh' annta...

Géillidh mi do gach rud a dh'ainmich thu...ma dh'innseas tu dhomh cò thusa 's càit' a bheil mi.
'S mise Eileis. Tha thu 'sa bhaile agam faisg air Òb nan Darach.
Ach Eileis?
Sin gu leòr.
Seadh. Ìobhair mac Ìobhair na Mara a th' orms'.
Dh'atharraich iad tro na bliadhnaichean. Tha 'ad an-dràsda mar bhiastan mì-nàdarra, gun truas gun mhathas.
Am beagan a chaidh riamh faisg air an àite, chunnaic iad tro na h-uinneagan 'ad.
Mì-dhealbhach, salach, fiadhaich, a' sìleadh smugaid 's an sùilean mar rionnagan acrach.
Cha chaidleadh i a-nochd.

Latha eile...
'Eil clann agad, Ìobhair?
Chan eil.
Feuch gum bi.
Gus am bi rudeigin maireann aig do mhnaoi ma chailleas i thu.
Lùghdaich a' ghaoth 's thlàthaich a' mhuir agus dh'éirich a' ghrian air latha eile.
Bha 'n t-slighe dhachaigh fosgailte roimhpe.
Chuir i mallachd air a mì-chùram...
Fàilt' ort a phiseig.

Latha a bh' ann 's i tilleadh o bhith 'g iasgach...
Chuala mi daoin' a' coiseachd seachad an-diugh.
'S e "Eileis Bean na h-Uaigh" a bh' aca ort.
Agus gun caitheadh tu do bheatha pòsda ri fear nach maireann.
Bidh sinn ag iarraidh buntàta leis na h-éisg seo.
An dèan thu ruith?
No sabaid?
Barrachd spòrs ann ma nì.
Sliasaidean cruinne. O cho blasmhor!
Ás mo rathad! Gearraidh mis' i!

Chaidh na làithean seachad 's an ceann ùine bha e deas ri falbh.
'S mór a tha mi 'nad chomain.
Chan ann air do shons' a chuidich mi thu ach 'son do mhnà.
Éileis. Cha dèan thu meas do'n fhear a chaill thu le bhith ri caoineadh fad do shaoghail.
Chan eil annain ach biastan ann am barail ur sluaigh.
'S dòcha nach eil sibh fada ceàrr...
Ìobhair?
Iarla.
'S mise Eilidh.

Tha thu ro òg 's neo-chumanta bòidheach.
Nam bu mhise do dhuine nach maireann, cha chòrdadh e riumsa.
Éileis. An aon turas seo na cuir do chùl rium. Tha fios agad. Tha mi ceart.
'S e gnìomh mór a th' ann, beatha duin' a shàbhaladh.
Chaidh iomadh beatha seachad gun chothrom agam ach cha do dhìochuimhnich mi.
Phàigh mi na bh' agad orm an-diugh.

Is mór am fiach e.
Thug thu mo bheatha air ais dhomh.
Chan urrainn dhomh sin a réiteachadh an-dràsda.
Ach ann am beatha eile nì mi do phàigheadh air ais.
Faodaidh tu bhith cinnteach gur mis' a nì.
Nì mi beachdachadh air d' fhaclan.
117

Dhùisg e.
Tha mi lom!!!
Bha d' aodach làn bhiastagan agus... rudan na bu mhiosa.
M' fhalt!!
Làn de bhiastagan. Cha ghabhadh e nighe. Air do shocair. Na cuir thairis an t-eathar.
Tha mi 'gad thoirt gu tìr mo mhuinntire, feuch an e biast a th' annad no nach e.
Anns a' bheatha ud eile chuir thu bhuam saoghal mì-chiatach.
Tha dùil agam gu bheil sinn rèidh a-nis.

'S toil leam a' ghrian.
'S toil leam 'sa mhadainn i 's i 'g éirigh. A mìltean de phàisdean daoimeanach ri leum-dhannsadh air buille chridhe sìor ghluasad na mara.
Ceòl gun fhuaim.
'S duilich leam an dràsd' a chreidsinn an t-eagal a bh' orm roimhpe roimhe.
Ubh! Agus cho goirid an ùine bho'n àm sin.
Sia bliadhna?
TILLEADH Á LEÒDHAS

'S e na thuirt Uilleam mu deidhinn a thog m' ùidh innte agus rinn mi sgrìob ga faicinn.
Ghoirtich i mo shùilean gu dona 's bha teas mar ionnsaigh dhaingeann orm.
Theich mi air ais a' toirt bòid nach bithinn cho amaideach a-rithist.
Theich mi dha'n àite 'san d'rugadh mi 's ás nach deach mi ro'n turas an-shocrach sin.
Fo na sràidean ùra Dhùn Éideann.
A' coimhearsnachd dhubharach agam fhìn.

Chaidh na taighean 's na bùithean...agus an luchd fuirich...a thìodhlacadh le togalaichean is sràidean ùra 'gan togail os an cionn.
Ach bha sinn beò fhathast.
Bha gach rud mì-laghail 's ana-bheusach ri fhaotainn ann agus cha ghann a chunnacas na h-uaislean a' sìreadh strìopachan oidhche.
Bha sinn a' tighinn beò air radain 's deoch làidir leth-phuinnseanach agus ge b' e dé airson 's gum faigheamaid ceannaiche.
Bha làn chinnt agam gum feumainn mi fhìn a reic an ceann ùine...

An oidhch' a thachair mi ri Uilleam cha robh mi deiseil. Bha m' fhuil-mhìosail fhathast gun tighinn.
Bha fear mór treun ann 's 'nuair a chual' e nach robh mi ri mo cheannach...
Chuir e roimhe m' éiginn a thoirt le ainneart.
Dh'éirich Uilleam agus--fo leth-dhalladh na dighe ged a bha e...
Chuir e ri làr am fear cho ealamh ri naoidhean.
Thàinig thugam foillseachadh eagalach air a' chunnart 'san robh mi gun fhios dhomh.

Rinn mi suas gun dàil gum bu chòir dhomh fuireach 'na chòir.
Agus ged a bha e ro throm air an òl, 's e fear onarach a bh' ann.
'Nuair a bha mi deiseil, chaidh mi dha'n t-séideig fhodair aige.
Bha a làmhan caoin orm.
Tha cuimhn' a'm--air an ath-latha cha chreideadh na caileagan eil gun do laigh mi leis, no le fear idir...
Cha robh lot no leòn ri 'm faicinn orm.

Dh'fhàs tinneas air, beag air bheag.
A' chaitheamh.
Ged bu ro leisg leis aideachadh.
Gus nach robh ach aon
deòin a' lìonadh inntinn 's a chridhe--
tilleadh dhachaigh a dh'Eilean Leòdhais.
Oidhche a bh' ann 's e tilgeil fuil
'na smugaid, thuirt e gun do leig e
a bheatha a dholaidh fo Dhùn Éideann.
Ach cha laigheadh a chnàmhan
ach còmhla ri a shinnsearan.
Ged a chuir e oillt mhór
orm a' smaoineachadh air
an saoghal a-muigh--nam
b' fheudar dhomh siubhal ann!
Dh'aithnich
mi nach
gabhadh e
seachnadh.

Chuir mi romham nach siubhalamaid ach tro na h-oidhcheanan 's mar sin nach claoidheadh leus na gréine mi.
Ach chum an t-eagal a bh' orm roimhpe ro fhada air dàil mi.
Cha b' urrainn dha coiseachd.
Cha b' urrainn dhomhs' a ghiùlan.
Fo éiginn 's gun dòigh eile air am b' urrainn dhomh rùnachadh...
Ghoid mi bara rotha 's thòisich mi air slighe m' aineoil.

Gus an d'ràinig mi tùr-geat' a' bhaile...
Dé tha seo a chaileig?
Caraid dhomh. Tha e tinn. Tha mi 'ga thoirt dhachaigh.
Càit' a bheil a dhachaigh?
Eilean Leòdhais.
Chuir siud ri gàire mór iad.
Bheil ràimh agad do'n bhàta seo?
Thog fear aca a' phlongaid 's theich an gàire bho ghnùis.
Cuin a chaochail e?
Chan eil e...tha e beò! Chunna mi...

Air do shocair a nìghneig.
Chan eil e maireann.
Chaidh mi ann an laisge.
Chan eil cuimhn' agam ach
air aiteal siud 's a seo.
Thàinig mi car thugam 's
sinn fada bho'n bhaile.
Bha esan a' stiùireadh
a' bhara-rotha 's mis'
a' coiseachd ri thaobh.
Dhìobair sibh
ur n-àite seasaidh...
Rinn mi sin.
Thig iad ás ur déidh...
'Son mo mharbhadh.
Ach...car--carson...?
Còmhradh a-rithist.
Feumaidh sinn
greasad oirnn.

Dh'fhàg e 'sa mhadainn mi le bhiodag 's a sgiath...
Gus mi fhìn a dhìonadh bho dhaoine 's corp Uilleim a dhìonadh bho bhiastan.
Cha robh an t-eagal orm romhpa ach ro'n ghréin...
Agus bha an t-àite cho gàbhaidh farsaing.
Fhuair mi fasgadh beag is dh'fhan mi ann.
Thill e tràth 'san fheasgar le seann each, seann deise shuarach is seann chairt.
Ach thog mi aghaidh air, ag innse dha nach rachainn fad mo bhuinn leis.
Gus an innseadh e dhomh carson a bha sinn còmhla air an aon rathad.

Mus mort thu mi, an innis thu dhomh cò thusa?
Cailin nan Clach a chanas 'ad rium.
Nan Clach...dé seòrsa cloiche?
An aon seòrsa a ghearras mi dhìot ma dh'fheumas mi.
'S iomadh rud a dh'ionnsaich Uilleam dhomh.
Ghabh e ann an da rìreabh mi agus is math gun do ghabh.
'S mise Tormod Iain Mhóir 'ic Ruairi, sìol Leòid.
'S ann á Leòdhas a tha mi.

"Chaidh mi a Dhùn Éideann o chionn trì bliadhna.
"Fo gheall 's gum faighinn mo bhràthair 's gun toirinn dhachaigh e.
"Sheall mi air gach àite air feadh a' bhaile.
"Ghabh mi ris na freiceadain...
Feuch am faicinn e ach chan fhaca.
"Chan fhaca gus an do thog mi a' phlongaid far an fhir 'sa bhara-rotha agad."
Bu bhràthair dhomh do charaid agus bheir mi dhachaigh e.
'S mise Beathag.

An ceann làithean ràinig sinn cala 's rinn Tormod malairt airson bàta.
Bha aige ris a' bhiodag 's an sgiath a leigeil seachad gus bàta math fhaighinn.
'S e brod-mharaiche a th' ann an Tormod 's rinn sinn astar ciatach ged a b' fheudar dhuinn thighinn air tìr gach latha o'n bha tinneas nach beag na mara orm.
Thuirt mi ris uair nach b' e ach mo dhùil air a' bhàis a bha 'gam chumail beò.
B' e sin a' chiad turas a chuala mi gàir' aoidheil treun ag éirigh á broinn dhomhainn dhuine.
Bha e rìomhach ri chluinntinn.

Mu dheireadh nochd an t-Eilean Riabhach fo strianaichean air faire.
An déidh dhut mo bhràthair a thoirt dhachaigh, dé nì thu?
Cà' 'n téid thu?
Bhuail orm le mór-iongantas nach do bheachdaich mi air a' chùis...
Nach do smaoinich mi idir air ceann an turais againn!
Chan urrainn dhomh bàt' a sheòladh...fiù 's nan robh bàta agam...
Tha mi creidsinn gum fuirich mi ann...fad greis co-dhiùbh...

"Fad greis"!! Fad mo bheatha!
Fad mo bheatha shona...
Còmhla ri Tormod.
Agus a leanabh a-nis 'nam bhroinn.
Ma 's mac thu...
Togaidh sinn Uilleam ort.

Shoilleirich an latha gu ciùin grianach greis an dèidh do athair Ealasaid togail air do'n fhéill.
Ghluais soirbheas tlath gu mear air gaoisid a gàirdein 's i ri choimhead ás a dhèidh.
Bha fàileadh car neo-chumanta air gaoth a' chuain...
Bha na h-eòin caran neo-shocaireach...mar gun robh fios air choireigin aca nach robh aicese...?
OIDHCHE NA STOIRME

Chuir i ri cùl na smuaintean dìomhain sin. Bha saothair an latha roimhpe.

Mu'n uair a thàinig Iagan Beag 'son uighean, bha fàileadh neo-àbhaisteach làidir na mara air a' ghaoith.
Agus séideadh ròd a' chladaich a' briseadh gu fonnmhor air na creagan.
Bha gailleann a-muigh air a' chuan 's i tighinn a dh'ionnsaigh a' bhaile aca.
Cha robh eagal oirr' a thaobh a h-athar. Bhiodh e sàbhailt' far an robh e 'sa bhaile.
Dh'aithnich Ealasaid air bheagan rannsachaidh gur e stoirm nach bu bheag a bh' innte.
Agus thòisich i ris a' bhail' a dheasachadh an aghaidh nan sgal.

Mar a dh'éirich a' ghaoth gu h-eachanach, ghluais i na bu luaithe, ach bhris an tuil oirre ro thrath.
Shaothraich i gu dèanadach, le na sgalan 'ga buaileadh 's 'ga leagail...
Fhuair i 'steach aig ciaradh an latha 's na stoirme, bog fliuch agus an t-acras 'ga tolladh gu a brògan.
Roghnaich i suipear fhuar ithe...cha ghabhadh an teine ach gu mall...bha oiteagan a' séideadh sìos an t-similear 's a' sgaoileadh éibhlean is luaithre gu coingiseach.
Ach an ceann ùine bha brot air a ghoil aice, a bhlàthachadh o thaobh a-staigh i.
Thog i sùil air an taigh chearc tro'n trannsa bheag a bh' ann eadar an dà thogalach...
Agus laigh' i air seideag a' leigeil dhi sgìos a cuirp.

Mar a dh'éireas do dhaoin' a bhios airtneulach sgìth, dhùisg i 'na ceò...
Dé an uair?
Dé bha dol?
Buillean trom' air an doras...a h-athair?
Faileasan chadail fhathast 'ga cur am breislich, leum i dh'ionnsaigh an dorais is thilg i air a' chlab e!
Bha fàileadh saillteach na mara air an fhear a thuit a-staigh oirre...
Chlaon i gu h-eagallach as a ghlac 's leag i dha'n làr e!
Dhùin i an doras an aghaidh na gaoithe 's i sìor-chumail sùil air...

Bha e ri chrith leis an fhuachd 's an fhliuchad.
Dh'fhairtlich oirre a chainnt a thuigsinn, fiù 's lide dheth...
Ghabh i truas ris an truaghan...
Chan e furan a bha siud ach feuchainn air greim fhaighinn oirre...
...ach chuir an sgian stad air...

Bhuail a' ghaoth gu faramach air an uinneig...
Sgaoil luaithrean is éibhlean air feadh an ùrlair.
Bha a' ghailleann a' sìor-bhagairt briseadh a-steach.
Ach bha cunnart na b' fhaisg' air làimh taobh a-staigh.
Clachagan air an lìomhadh ...mar...leisgeul?
Cha robh teagamh nach robh iad lurach prìseil.
Agus tarraingeach air a h-inntinn...

'S dòcha gu robh a ciad bheachd air ceàrr...
Agus bòidhchead neo-shaoghalta a bh' air na clachagan...
Nach buineadh a' leithid ach do dhuine uasal onarach...?
Dh'fheumadh i beantainn riutha...ach aon turas...
Bhris grad-sgaoileadh nan éibhlean a' ghiseag fo'n robh i...!
Ach bha i air an sgian fhàgail air a cùl!

Ach cha d'fhàg na toinneamhan luaithre aige ach ionnsaigh leth-dhall...
Fhuair i seachad air 's mach ás an doras a ghabh i!
Bhuail spionnadh na stoirm' oirre mar tonn, a' goid anail a h-uchd...
Shabaid i 'na stadagan gu cùl craoibhe 's thog i sùil air a h-ais...
Ach an d'thàinig na chunnaic i riamh o shaoghal chinne dhaonna?
No a-mhàin a faoin-sgeul a chuireadh eagal air cloinnn is amadain?
Rud a dh'éireadh á inntinn chaothach?
Chunnaic i e a' cruth-atharrachadh... far an do sheas duine air a dhà chois...

Sheas e an-dràsda air a cheithir chaoil 'na each!
Dh'fhannaich i gu a buinn ro'n chulaidh-umahais sin!
Bha e ri snotail an adhair...
Dh'aithinich i nach robh dìon no fasgadh aic' a-muigh a' seo.
Mura beireadh esan oirre, dheigheadh i le creig leis a' ghaoith...
Ach an taigh chearc... le séideadh an uisge... am b' urrainn dhi car mu chnoc a thoirt dha...?
Fhad 's nach leigeadh an stoirm leis sgath a chluinntinn...
Gus an cuireadh i an doras roimhpe!

Cha mhór nach robh i 'staigh mus do thuit buaileadh a chrubh' air an doras!
Bha e seo-fhaicsinneach nach seasadh am fiodh tana fada 'na aghaidh.
Ach nan gabhadh i 'steach do'n taigh tro'n tranns' a bha eatorra...
Dhùnadh i doras neartmhor air!
Ach stad i fo eagal ùr aig doras an taighe...
Cha robh fuaim aig doras an taigh-chirce...
Robh e air ais anns an taigh?
Deas gus glacadh oirre 'na dol ann?
An coileach...

Bhris i an doras roimhpe, 'ga spealgadh mu na bacan!
Shad i a-steach an coileach...
Is thug i dubh-leum a dh'ionnsaigh na sgeine!

...Mar a bha e roimhe.
Thàinig facal dh'a h-inntinn--"glaisean"--ach dé a bh' ann a' sin?
"Glaisean"--bho sgeul a chual' i...cuin? O chionn bhliadhnaichean móra...
Creutair neo-chneasda a bhiodh 'na fhear no 'na each a réir a mhiann...
Ach gu dé bhiodh 'ad ag iarraidh le daoine--agus gu àraid...leatha-se?
'S gum b' fheudar dhaibh bhith falbh ro éirigh na gréine.
Cha robh cuimhn' aice air an còrr ach gum b' fheudar an seachnadh...
...leis na clachagan...

Dé eile? Seòrsa de shìbhreach ana-gnéitheil a bh' ann?
Cumhachd os-nàdarra...
Aige...agus na clachagan...
Dh'fheumadh i a chumail bhuaipe...
...ach gus am briseadh an latha...
Chumadh i na clachagan ge-tà.
Nach bu lurach a bhiodh 'ad...
'Nan laighe air a h-uchd...
'N àm éirigh na gréine?

Bhris a ghreim oirre draoidheachd nan clachagan!
Leig i sgreuch aiste a thaorn a-mach á bonn a h-anama...
...a thug air a' choileach gairm gu lùthsmhor fuaimneach!
Chual' e gairm a' choilich...manadh a' chamhanaich!
Agus fo leum-uisg' an eagail ro'n latha, thog e a chasan ás!

Bha ise làn eòlach ge-tà...
...gur e an sgread oillteil a rinn i a chuir clisgeadh air a' choileach...
'S nach robh sgeul ri fhaicinn air solas an latha fhathast.
Ann am priobadh na sùla b' aithne dha-san an aon rud!
Tèarainteachd!
Ach dh'fhairich i sitir is thraogh' a dòchas aiste mar uisge á criathar...
Bha e 'na each a-rithist.
'S bha fiodh an dorais a' dol 'na bhloighean fo na buillean garg' aige.

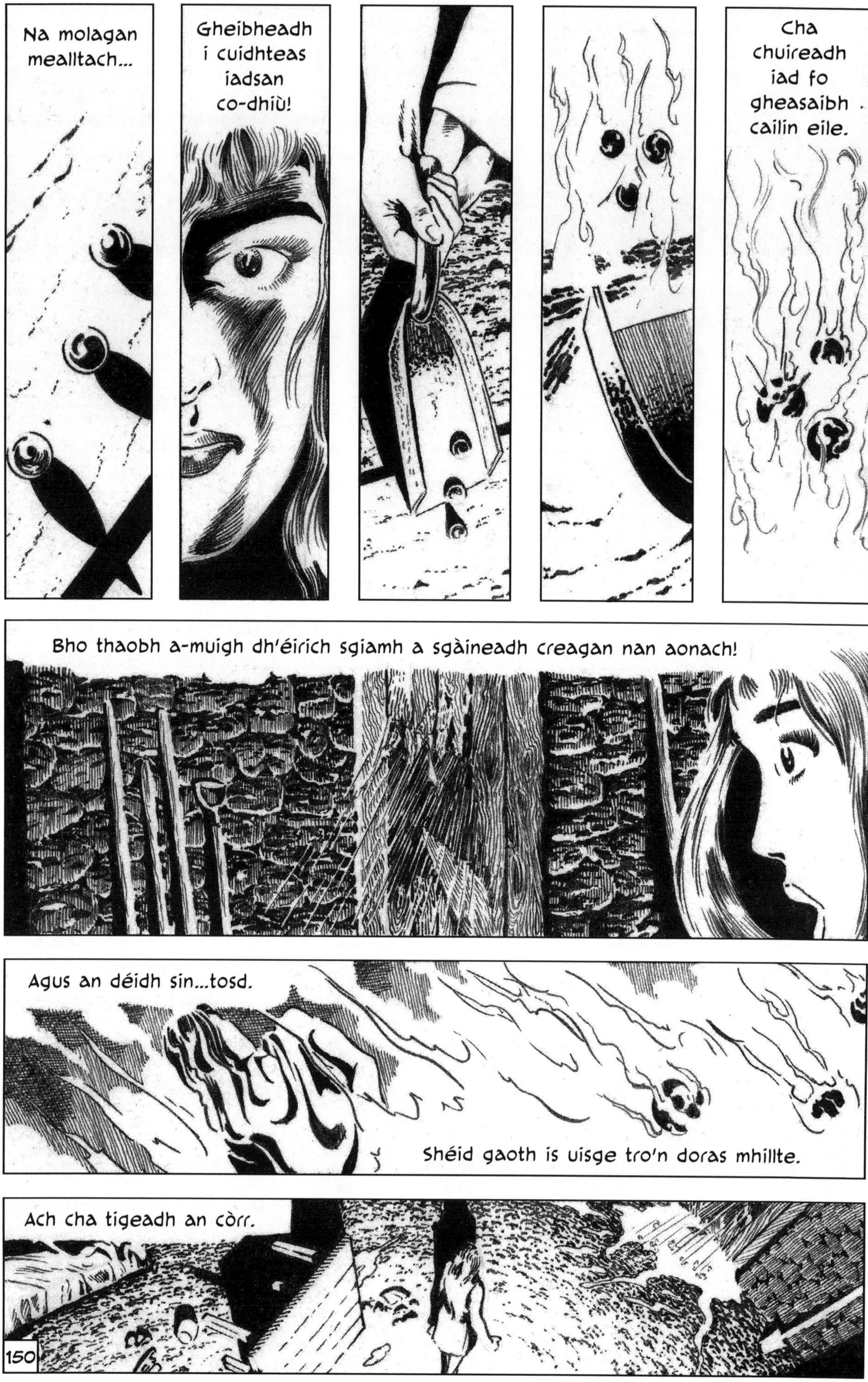

Na molagan mealltach...
Gheibheadh i cuidhteas iadsan co-dhiù!
Cha chuireadh iad fo gheasaibh cailin eile.
Bho thaobh a-muigh dh'éirich sgiamh a sgàineadh creagan nan aonach!
Agus an déidh sin...tosd.
Shéid gaoth is uisge tro'n doras mhillte.
Ach cha tigeadh an còrr.

Thill a h-athair feasgar an ath-latha.
Chunnaic e gu robh an doras air a chàradh agus pìosan sraicte de dhéilean ann mar chonnadh bheag.
Cha d'thuirt i guth mu dheidhinn 's cha do dh'fhaighinich e dhi.
Bha féin-chinnt ùr 'na giùlain.

"A," smaoinich e ris fhéin, "'s e fìor nighean na Gàidhealtachd a th' innte."
Agus b' fhìor sin.

bradan press

A' co-cheangal leughadairean air feadh an t-saoghail
ri cànan is cultar na Gàidhlig

Tiotalan eile:

Airson tuilleadh leabhraichean, tadhailibh air Clò a' Bhradain:

bradanpress.com

Printed in Great Britain
by Amazon

68532173R00088